LA FERME

DU TABAC

PAR

Antoine SABATIER

Extrait du Bulletin de la Société archéologique, historique et artistique LE VIEUX PAPIER

Novembre 1905

LILLE

IMPRIMERIE LEFEBVRE-DUCROCQ

88, rue de Tournai, 88

——

1905

LA FERME

DU TABAC

PAR

ANTOINE SABATIER

Extrait du Bulletin de la Société archéologique, historique et artistique LE VIEUX PAPIER
Novembre 1905.

LILLE
IMPRIMERIE LEFEBVRE-DUCROCQ
88, rue de Tournai, 88

1905

La Ferme du Tabac.

OSSESSEUR d'anciens sceaux de plomb de la ferme du tabac, dont quelques-uns portent les noms des adjudicataires, j'ai dû, pour les nécessités du catalogue, rechercher les édits ou ordonnances sur la matière et dresser la liste chronologique de ces fermiers. Bien que poursuivie à mon point de vue particulier de collectionneur, les *marques dé plomb*, mon enquête a cependant abouti à une étude générale. Et je crois faire œuvre utile en en publiant les résultats, car je ne connais pas sur ce sujet de travail d'ensemble méthodique et précis. Possible est-il, je l'avoue, que l'on puisse dans mon travail personnel relever des omissions ou des erreurs. D'avance mes remerciements sont acquis à nos collègues mieux informés, qui voudront bien me les signaler. En tout cas cette publication vient à son heure. Elle complétera les communications faites à la réunion mensuelle des membres de la Société du Vieux Papier du 11 avril 1905 (voir le *Bulletin*, numéro de juillet 1905).

**

Le tabac a été introduit en Europe au XVIe siècle. Hermandès de Tolède, qui recueillit cette plante à Tabaco ou Tabasco (province du royaume de Jucatan, dans l'Amérique centrale, et non Tabago, île des Antilles) l'envoya en Espagne et au Portugal sous le nom du lieu originaire. Plus tard, le président Nicot, ambassadeur de François II à Lisbonne, la présenta au grand prieur et en 1560 à la reine Catherine de Médicis (*Dictionnaire de Furetière*, au mot *tabac*) ; de là les divers noms français, sous lesquels le tabac fut désigné à cette époque, nicotiane, herbe à Nicot, herbe au grand prieur, herbe à la reine, etc. Furetière emploie tous ces termes ; il y joint aussi le mot *petun*, lequel est d'origine brésilienne et eut une certaine vogue.

Cette multiplicité d'appellations fut la cause d'un curieux procès, quand la ferme du tabac eût été instituée. En 1709, les commis de l'adjudicataire ayant saisi, à Paris, 214 pieds de tabac dans le jardin du sieur Antoine Leroy, celui-ci plaida qu'il s'agissait de plantes de nicotiane et non de tabac. Un arrêt du Conseil (13 décembre 1710) précisa les différents noms en usage et condamna Leroy à 1.000 livres d'amende.

Les arrêts, édits, ordonnances rendus contre les fraudeurs et les contrebandiers sont assez nombreux. Je me suis surtout attaché aux arrêts qui visent l'impôt lui-même, les conditions de vente et les marques.

Déclaration du 17 novembre 1629. — Le tabac est pour l'État une source de revenus depuis 1629. Mais l'impôt, jusqu'à 1674, fut une simple taxe douanière, un *droit d'entrée* de 30 sols pour livre sur le tabac étranger du Brésil. Celui qui provenait des Antilles françaises, fief commercial de la Compagnie de Saint-Christophe, la Barbade et autres îles occidentales (1626-1664), en était déchargé. La déclaration est muette à l'égard du tabac qui pouvait être cultivé en France. D'où je conclus ou que cette culture n'existait pas encore, ou qu'elle était assez embryonnaire pour n'avoir pas attiré l'attention.

Déclaration du 27 septembre 1674. — La déclaration de 1629 laissait libres l'achat direct auprès des importateurs, la fabrication et la vente en gros ou en détail ; celle de 1674 supprima toutes ces libertés. Elle créa au profit de l'État un *monopole*, qui dure encore, de fabrication et de vente, soit pour le tabac étranger, soit pour celui du cru du royaume. Ce dernier membre de phrase indique que la culture de notre tabac indigène était alors assez développée pour faire concurrence au tabac du Brésil et par suite diminuer les bénéfices de l'État. Je crois en effet que cette culture s'est établie industriellement à cause des droits de 1629 sur le tabac étranger.

Désormais, est-il dit dans la déclaration, le tabac « ... sera à l'avenir vendu et débité, tant en gros qu'en détail, par ceux qui seront par Nous preposez, au prix que Nous avons fixé ; scavoir, celui du crû du Royaume à vingt sols, et celui du Brésil quarante sols la livre ». Permission est octroyée d'en apporter en France « à condition d'en payer les Droits d'entrée et de les vendre à ceux qui seront par Nous preposez ». C'est-à-dire que la déclaration de 1674 n'éteint nullement le droit douanier inauguré en 1629, elle lui surajoute le monopole ou privilège d'achat direct, de fabrication et de vente intérieure.

Le monopole avait pour conséquence l'établissement de marques officielles. Aussi on lit un peu plus loin : « Voulons que tous les Marchands, tant en gros qu'en détail qui se trouveront chargez de Tabac soient tenus 3 jours après lad. publication, de faire leurs déclarations aux Bureaux qui seront établis, de leur quantité et qualité, pour être lesd. Tabacs marquez, pesez et inventoriez ».

Suivant les habitudes financières de l'époque, l'État aliéna la perception du nouveau droit. Au lieu de régir lui-même, il eut recours à un fermier. Cette *ferme du tabac* s'est perpétuée jusqu'à la Révolution.

Ordonnance de juillet 1681 (*Extrait concernant le commerce du tabac*). — C'est un règlement général sur la vente de la matière monopolisée. On y trouve des prescriptions détaillées concernant les marques, sceaux de plomb et cachets de cire.

L'*article 1* rappelle que « le Fermier de nos Droits, ses Procureurs, Commis et Préposés » peuvent seuls faire commerce, vente et débit du tabac.

Puis on lit à l'*article 2* : « Le Tabac en corde qui sera vendu en gros et en détail dans les magasins, sera marqué d'un plomb, et le Tabac en poudre sera mis en des sacs qui seront cachetez ».

Et à l'*article 3* : « L'empreinte ou figure tant du plomb que des cachets, sera déposée aux Greffes des Élections, et ailleurs en ceux des Jurisdictions qui seront par Nous établies dans les lieux où seront les Bureaux pour y avoir recours. »

Les *articles 5, 6 et 7* fixent les prix de vente : tabac en corde du Brésil et autres pays étrangers, 40 sols la livre en gros dans les magasins du fermier et 50 sols en détail par les particuliers. — Tabac en corde de France ou des îles françaises, 20 sols par le fermier, 25 sols par les particuliers. — Tabac inférieur ou mastiné, même du cru du royaume, vendu et revendu aux mêmes prix que celui du Brésil. — Tabac en poudre, le commun à raison de 10 sols l'once, le moyen parfumé 20 sols, celui de Malte, Pontgibon et autres pays étrangers, 35 sols; soit dans les magasins, soit par les particuliers.

L'*article 10* interdit à tous marchands « de faire entrer par terre aucun Tabac dans notre Royaume, et par Mer, ailleurs que par les ports de Marseille, Bordeaux, La Rochelle, Nantes, S. Malo, Morlaix, Roüen et Dieppe ». Le fermier seul ou ses commis ont droit de l'acheter à l'arrivée.

L'*article. 15* détermine les lieux où la culture en France est autorisée : « Mondragon, les deux Tonneins, Clerac, Esguillon, Damasan, Montheurs, Peuch, Gouteau, Villeton, le Mas d'Agenois, la Gruere, Bouseau, Favillet, Grateloup, la Parade, la Fitte, Caumont, Vertueil, Mauzac, Villeneuve la Garde, Villemade, Saint Porquier, les Catallans, Montesche, Castelsarazin, Saint Maixant, Lery, Lesdamps, Vaudreuil et Mets ». Les habitants de ces divers lieux devaient faire une déclaration annuelle des terres ensemencées par devant les juges locaux « Greffiers, Notaires, Curez ou autres personnes publiques ». Le tabac cueilli, ils pouvaient le fabriquer, le filer et mettre en rolle « en vertu d'un congé par écrit du Commis du plus prochain Bureau ». Puis, ils déclaraient la quantité fabriquée. Et ils pouvaient alors le vendre, mais à la condition qu'il fût exporté hors du royaume. Le fermier avait au surplus le droit de retenir la quantité jugée nécessaire aux besoins de la ferme.

Enfin l'*article 23* énumère les ports de sortie pour le tabac exporté : Marseille, Toulon, Agde, Cette, Narbonne, Bordeaux, Les Sables-d'Olonne, La Rochelle, Nantes, Morlaix, Saint-Malo, Rouen, Dieppe et Saint-Valéry.

Déclaration du 18 septembre 1703. — Elle concerne les fraudes : « Défendons aux Receveurs, Entreposeurs, Détailleurs et Débitans dans l'étendue de la Ferme, d'avoir et tenir aucuns tabacs dans leurs mains, bureaux, ni ailleurs sous quelque pretexte que ce soit, d'en vendre, donner, ni debiter s'ils ne sont marquez des plombs et des cachets de la Ferme ».

Déclaration du 6 décembre 1707. — Également promulguée contre les fraudes : « Déclarons Tabacs en fraude, tous ceux qui ne se trouveront marquez des Plombs ou Cachets de la Ferme, dont l'empreinte sera déposée au Greffe des Élections ».

Arrêt du Conseil du 29 décembre 1719. — Law ayant proposé de convertir le privilège exclusif du tabac en droits de douane ou d'entrée, un arrêt du 29 décembre 1719 révoqua ce privilège et autorisa la fabrication et la vente de tous les tabacs, le droit douanier une fois payé. Cet arrêt marque donc une interruption du monopole. Nous verrons combien fut éphémère cette période de liberté ! L'arrêt du reste n'entraîna pas la disparition de la ferme, qui fut seulement transformée. Le fermier n'eut plus à s'occuper de la fabrication et de la vente. Son rôle fut limité à la perception de la taxe douanière aux ports d'arrivée. La ferme n'est plus qu'une ferme du Droit d'entrée.

Sous le nom de Jean l'Admiral, elle était depuis le 1er octobre 1718 aux mains de la Compagnie d'Occident. Mais, en mai 1719, cette compagnie avait fusionné avec celles des Indes-Orientales et de la Chine pour constituer la célèbre Compagnie des Indes. Puis celle-ci avait acquis, sous le nom d'Armand Pillavoine, le bail des fermes générales à partir du 1er octobre 1719, et, à l'égard du tabac, Pillavoine avait été substitué à Jean l'Admiral pour l'espace de temps restant à courir. L'extinction du monopole, la réduction de la ferme à la perception d'une simple taxe douanière se sont donc produites sous la gestion de la Compagnie des Indes.

Déclaration du 17 octobre 1720. — L'arrêt de décembre 1719 avait eu pour conséquence immédiate l'entrée en France d'une quantité considérable de tabacs, et cependant, malgré cet afflux, les prix de vente avaient augmenté. La déclaration de 1720 eut pour but d'y remédier « sans néanmoins restraindre la liberté que Nous avons donnée à tous nos sujets de fabriquer et de vendre en détail du Tabac ».

Je cite textuellement ce passage du préambule de la déclaration pour bien montrer qu'elle n'a pas rétabli le monopole absolu, mais un *monopole restreint*, réduit à la *vente en gros*. Elle ne redonne pas à la ferme le droit d'intervenir dans la fabrication et dans le débit. Elle lui accorde seulement, en outre de la perception douanière, le droit d'acheter le tabac à l'arrivée et de le revendre en gros aux manufacturiers fabricants. Voici au reste un résumé des principaux articles :

L'*article 2* réunit « notre Ferme du Tabac à nos Fermes unies, dont la Compagnie des Indes est adjudicataire sous le nom d'Armand Pillavoine ».

L'*article 3* défend l'entrée du tabac par terre, autorise seulement l'entrée par mer, par les ports de Marseille, Bordeaux, La Rochelle, Nantes, Morlaix, Saint-Malo, Rouen et Dieppe.

L'*article 10* en défend la culture en France, même dans certaines régions où elle avait été autorisée.

L'*article 11* permet l'établissement de manufactures particulières pour toutes sortes de tabacs achetés en gros dans les magasins du fermier, et en permet ensuite la vente en gros ou en détail.

L'*article 13* a trait aux marques du fermier : « Voulons que les Tabacs en poudre, en corde, en andouilles ou en carottes, qui seront vendus en gros par notre Fermier, soient marquez d'un plomb ou cachets de la Ferme, dont l'empreinte sera déposée dans les Greffes des Élections dans les lieux où il y en a d'établis, et ailleurs dans ceux des Jurisdictions qui ont connu des contestations concernant notre Ferme du Tabac. »

Et l'*article 14*, aux marques des manufacturiers : « Enjoignons à tous ceux qui voudront fabriquer du Tabac, de quelque qualité qu'il soit, dans l'étenduë de notre Ferme, d'en faire leur déclaration au Greffe des Élections ou des Traittes dans le ressort de leur résidence, et d'avoir une marque particulière en plomb, qu'ils seront tenus de faire frapper sur chaque rolle de Tabac en corde qui sera fabriqué dans leurs Manufactures, et un cachet dont l'empreinte sera mise sur chaque paquet de Tabac en poudre, en andouille ou en carotte qui sortira de leurdite Manufacture, et seront lesdites empreintes en plomb et en cire déposées ausdits Greffes desdites Élections, dans le ressort desquelles lesdites Manufactures seront établies, et ailleurs dans ceux des Jurisdictions qui ont connu de notre Ferme du Tabac ».

Déclaration du 1er août 1721. — La chute du système financier de Law amena le retour complet à l'organisation primitive. Un arrêt du Conseil du 29 juillet 1721 résilia le bail du tabac de la Compagnie des Indes, à compter du 1er septembre 1721. Et il fut suivi d'une déclaration du roi du 1er août rétablissant la ferme, telle qu'elle avait été organisée par la déclaration de 1674 et l'ordonnance de 1681. Cette fois le monopole redevient absolu, et le resta jusqu'en 1791.

L'*article 1er* attribue la vente exclusive au nouveau fermier (Edouard du Verdier). Lui seul peut faire « entrer, fabriquer, vendre et débiter en gros et en détail » toutes sortes de tabacs.

L'*article 2* interdit à tous autres d'en faire autant « sans la permission par écrit du Fermier, et sans que les Tabacs fabriquez soient marquez de sa marque ».

L'*article 5* ordonne la fermeture des manufactures privées, à partir du 1er septembre suivant.

L'*article 6* enjoint au fermier « d'avoir une marque et cachet pour plomber et cacheter les Tabacs, tant en corde qu'en poudre, et les empreintes desdits marques et cachet seront déposées aux Greffes des Élections, et où il n'y a point d'Élection, aux Greffes des Jurisdictions des Fermes, pour y avoir recours en cas de besoin ».

L'*article 7* majore les prix portés à l'ordonnance de 1681. On payera désormais : jusqu'à 50 sols la livre pour les tabacs supérieurs en corde, vendus en gros dans les magasins et bureaux du fermier, et jusqu'à 60 sols pour ceux vendus par les particuliers ayant obtenu l'autorisation de vente ; jusqu'à 25 sols pour les tabacs inférieurs en corde du fermier, et 32 sols pour ceux des détaillants. Le tabac du Brésil payera jusqu'à 3 livres 10 sols la livre dans les magasins, et en détail jusqu'à 4 francs. Les tabacs en poudre demeurent tarifés suivant l'ordonnance de 1681.

L'*article 22* maintient la défense d'ensemencer et de cultiver le tabac dans toute l'étendue du royaume.

Déclaration du 24 août 1758. — Je signale enfin cette déclaration, qui ajouta au prix de vente normal l'impôt de 4 sols pour livre. Établis pour dix années, ils furent par une *déclaration du 17 mars 1767* prorogés jusqu'au dernier septembre 1774. Finalement leur perception fut, je crois, maintenue jusqu'à la suppression de la Ferme.

*
* *

La déclaration de 1721 resta dans son ensemble en vigueur jusqu'à la Révolution. Mais, en 1791, l'Assemblée nationale décréta liberté entière de la culture, fabrication et vente du tabac.

Loi du 24 avril 1791. — Elle prohiba cependant par une loi du 24 avril l'entrée du tabac étranger fabriqué et frappa d'une taxe douanière ce même tabac étranger, dont les feuilles devaient être rangées en boucauts (25 livres le quintal pour le tabac importé par navires étrangers, et 18 livres 15 sous pour celui amené par navires français).

La loi spécifie en outre comme lieux d'entrée : les douanes de Strasbourg, Valenciennes et Lille, et les ports de Bayonne, Bordeaux, Rochefort, La Rochelle, Nantes, Lorient, Morlaix, Saint-Malo, Granville, Honfleur, Cherbourg, Rouen, Le Havre, Dieppe, Saint-Valéry-sur-Somme, Boulogne, Calais, Dunkerque, Marseille, Toulon, Cette et Port-Vendres.

Loi du 22 brumaire an VII (*12 novembre 1798*). — Supprimée en 1791, la ferme du tabac ne s'est pas reconstituée ; l'État a depuis lors régi directement. Malheureusement il n'en est pas de même de ce qu'elle représentait : le monopole, qui, peu à peu et par étapes, a fini par être aussi rigoureux qu'auparavant.

Son premier retour offensif est marqué par une loi du 22 brumaire an VII, édictant une taxe de fabrication. D'après cette loi, la culture, le commerce et la fabrication du tabac restent encore libres. Et l'importation du tabac étranger fabriqué ou seulement préparé demeure prohibée. La taxe douanière est majorée (30 francs le quintal pour le tabac venu par navires étrangers et 20 francs par navires français).

L'*article 5* inaugure une taxe de fabrication : « Tout fabricant de tabac paiera une taxe spéciale, à raison de quatre décimes par kilogramme pour le tabac en poudre et en carotte, et deux décimes quatre centimes pour le tabac à fumer et le tabac en rôle ».

L'*article 17* est intéressant parce qu'il prescrit des marques de manufacture : « Tout fabricant sera tenu de mettre, sur le devant de sa fabrique, un tableau portant son nom et sa profession, et de mettre son nom et le lieu de sa résidence sur toutes les enveloppes de tabac fabriqué qu'il vend ».

L'*article 20* établit une prime d'exportation : « Il sera accordé, à la sortie des tabacs fabriqués tant en poudre qu'en carotte, les deux tiers du droit payé à la fabrication ».

Loi du 29 floréal an X (*19 mai 1802*). — La loi de brumaire an VII fut suivie sous le Consulat d'une loi analogue (29 floréal an X), divisée en deux sections, l'une concernant le droit d'entrée sur le tabac étranger, l'autre le droit de fabrication.

Les tabacs étrangers y sont taxés à 6 francs 60 centimes par myriagramme (10 kilogrammes), lorsqu'ils sont importés par navire étranger et seulement 4 francs 40 centimes par navire français. Les lieux d'entrée désignés sont les ports maritimes d'Ostende, Dunkerque, Le Havre, Dieppe, Morlaix, Nantes, Saint-Malo, Lorient, La Rochelle, Bordeaux, Cette, Marseille, et les ports fluviaux de Cologne, Mayence et Strasbourg. Quant au droit de fabrication il reste de 4 décimes par kilogramme sur toute espèce de tabac. On est naturellement tenu de faire une déclaration préalable aux préposés de l'enregistrement.

L'*article 18* maintient les marques de brumaire an VII : « Tout fabricant qui n'aura pas mis sur le devant de sa fabrique le tableau, et, sur son tabac fabriqué, l'étiquette, prescrits par l'article XVII de la loi du 22 brumaire an VII, sera condamné à une amende de cinq cents francs pour la première fois, et de mille francs en cas de récidive ».

Loi du 5 ventôse an XII (*25 février 1804*). — Toujours sous le Consulat, une loi de finances du 5 ventôse an XII promulgua un nouveau tarif de droit d'entrée (1 franc par kilogramme pour le tabac importé par navire étranger, et 8 décimes par navire français), maintint la taxe de fabrication conformément à la loi de floréal an X (4 décimes par kilogramme), obligea enfin les *débitants à se pourvoir d'une licence*.

Je crois inutile de poursuivre l'énoncé des lois ultérieures. Je me restreins à signaler le retour du monopole complet. Le premier Empire imposa tout d'abord aux particuliers qui voulaient cultiver du tabac l'obligation d'une déclaration (décret du 16 juin 1808). Puis par ceux des *29 novembre 1810* et *12 janvier 1811* il rétablit en faveur de l'État le monopole absolu de fabrication et de vente. Diverses lois, entre autres celles du *24 mai 1862* et du *21 décembre 1872*, bien qu'à titre provisoire, ont consacré ce régime. Nul tabacophile, actuellement fumant ou prisant, n'en verra la disparition. Nos doctrines sociales modernes ont trop de points communs avec la tyrannie collective de la royauté et de l'impérialisme déchus, pour que l'on nous rende avant longtemps cette menue part de nos libertés privées.

Au résumé, la deuxième interruption du monopole va de 1791 à 1810, soit une période de près de vingt ans. De 1791 à la loi de brumaire an VII, les manufacturiers marquèrent leurs produits à leur guise, plombs, cachets de cire, bandes ou étiquettes. Mais à partir du 22 brumaire an VII, ils furent astreints à l'obligation d'une *étiquette* par l'article 17 de la sus dite loi. J'en possède deux spécimens, dont la première portant le mot « citoyen » est certainement antérieure au premier Empire.

AU NÈGRE DE SAINT-DOMINGUE,

A BEAUNE, RUE S.^T-PIERRE, MAISON FORNERET.

CONSTANTIN,

ENTREPOSEUR nommé par le Chef de la manufacture des Tabacs des Citoyens PHELIPPON *et Compagnie du Gros-Caillou, à Paris,*

TIENT et vend en gros ou en détail, d'excellentes et franches qualités des Tabacs ficelés à huit bouts, de la fabrique desdits PHELIPPON et Compagnie, en carottes et en poudre, ainsi que leurs Tabacs Scaferlati et autres à fumer, *à juste prix*.

Il a pour enseigne un Nègre qui fume sa pipe.

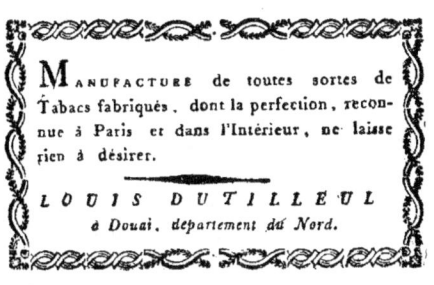

MANUFACTURE de toutes sortes de Tabacs fabriqués, dont la perfection, reconnue à Paris et dans l'Intérieur, ne laisse rien à désirer.

LOUIS DUTILLEUL
à Douai, département du Nord.

*
* *

A la suite de cet exposé historique, je donne maintenant la liste des fermiers de 1674 à 1791, telle que j'ai pu la reconstituer. La ferme fut tantôt gérée par un adjudicataire indépendant et tantôt par celui des fermes générales unies. En regard de chaque nom j'ai eu soin de l'indiquer. Je ne sais si cette liste existe déjà quelque part, dressée sur des documents réguliers d'archives. Pour moi, j'ai dû me livrer à des recherches longues et pénibles. Ma meilleure source a été le traité suivant : *Nouveau code des Tailles*, etc., *avec les Ordonnances, Edits, Declarations, Reglemens et Arrêts sur le fait du Tabac*; 2 vol., Paris, chez Prault père, 1740.

Jean Breton (Ferme indép.). — De 1674 à 1680. D'après le *Dictionnaire des Finances*, publié sous la direction de Léon Say, 1894 (t. II, p. 1304) le monopole du tabac aurait été conféré à la ferme générale par bail du 30 novembre 1674 et pour six années. Or, l'attribution à la ferme générale me paraît inexacte. J'ai sous les yeux un *Extrait des Registres du Conseil d'État* (11 juillet 1676) concernant le droit sur l'étain et dont voici le préambule :

« Le Roy ayant par sa Declaration du mois de Février 1674. ordonné que toute la Vaisselle d'Estain fin, commun, et sonnant, seroit marquée, et qu'il seroit payé un sol pour livre dudit Estain fin et commun, pour droit de Marque, par les Maistres Potiers d'Estain, duquel droit Bail a esté fait à Me Jean Breton, conjointement avec la faculté de vendre et debiter le Tabac dans le Royaume, etc. »

L'adjudicataire n'est donc pas celui des fermes générales, à cette époque Martin Dufresnoy, mais un fermier indépendant, maître Jean Breton, qui possédait à la fois le droit de marque sur l'étain et le privilège du tabac.

Mais la perception de ces fermes secondaires était relativement onéreuse. Elle nécessitait, comme pour les fermes générales, des bureaux et des commis nombreux, dont les frais et les appointements absorbaient la valeur des baux. C'est pour cela qu'on les rattacha quelque temps après aux fermes générales, sous le bail de Claude Boutet qui suit. En profitant de la grande organisation de ces dernières, on réduisit les dépenses à un taux plus sagement proportionné à la recette.

Claude Boutet (F. génér.). — A partir du 1er octobre 1680.

Jean Fauconnet (F. génér.). — Subrogé au précédent par bail du 26 juillet 1681, à partir du 1er octobre suivant.

Pierre Domergue (F. génér.). — Bail du 18 mars 1687, à partir du 1er octobre suivant. Dans la liste des adjudicataires des fermes générales publiée par notre érudit collègue, M. A. Devaux, au numéro d'avril 1900 du *Bulletin du Vieux Papier* (p. 24), le nom de Pierre Domergue est remplacé par celui de Christophe Charrière. Ma liste est ici donc en désaccord avec celle de M. Devaux. Mais ce désaccord n'est qu'apparent : Domergue et Charrière furent tous deux adjudicataires généraux par bail du même jour, 18 mars 1687, le premier pour les gabelles, cinq grosses fermes, tabac et autres unies, et le second pour les aides et domaines dans lesquels rentrait la ferme du papier timbré.

Pierre Pointeau (F. génér.). — Mis en possession par arrêt du Conseil du 25 septembre 1691, à partir du 1er octobre suivant.

Nicolas du Plantier (F. indép.). — Bail du 17 septembre 1697, à partir du 1er octobre suivant. De cette date à 1719, la ferme fut indépendante.

Germain Gaultier (F. indép.). — Bail pour six ans, à partir du 1er octobre 1703.

Charles Michault (F. indép.).— Bail pour six ans, à partir du 1er octobre 1709.

Guillaume Filtz (F. indép.). — Bail pour six ans, à partir du 1er octobre 1715, résilié en 1718.

Compagnie d'Occident (F. indép.). — Bail du 16 septembre 1718, passé sous le nom de Jean l'Admiral, pour neuf années, à partir du 1er octobre 1718, et au prix de 4.020.000 livres.

Compagnie des Indes (F. indép.) — En mai 1719, la Compagnie d'Occident fusionna avec celles des Indes-Orientales et de la Chine pour former la Compagnie des Indes. Cette dernière a joui, de mai 1719 au 1er octobre même année, et sous forme de ferme indépendante, du privilège concédé à Jean l'Admiral.

(F. génér.).— Mais, à partir du 1er octobre 1719, elle fut adjudicataire des fermes générales, sous le nom d'Armand Pillavoine. Fermes générales et ferme du tabac sont donc alors réunies dans la même main, car à l'égard du tabac, Pillavoine fut substitué à Jean l'Admiral pour la portion des neuf années du bail primitif restant a courir.

C'est à cette époque que l'on note une courte interruption du monopole, transformé le 29 décembre 1719 en un droit d'entrée. Ainsi réduite à la perception d'une taxe douanière, la ferme continue à subsister. Puis le 17 octobre 1720, on rétablit un monopole restreint, en ajoutant au droit d'entrée les bénéfices de la vente en gros aux manufacturiers. La déclaration accorde à Pillavoine toute la portion non périmée du bail de Jean l'Admiral.

(F. indép.). — Le 5 janvier 1721, un arrêt du Conseil résilia le bail des fermes générales fait à la Compagnie « à l'exception de la Ferme du Tabac seulement » qui redevient donc indépendante. La Compagnie la conserva jusqu'au 1er septembre 1721. A cette date elle dut l'abandonner, en vertu d'un autre arrêt du 29 juillet 1721, lequel résiliait ce bail spécial et rétablissait le privilège exclusif en faveur d'un nouveau fermier. Le bail de Jean l'Admiral se serait terminé le 30 septembre 1727.

Edouard du Verdier (F. indép.). — Bail du 19 août 1721, passé pour neuf ans et un mois, à partir du 1er septembre 1721, résilié le 6 septembre 1723.

Compagnie des Indes (F. indép.). — Par arrêt du 22 mars 1723, la ferme fut rendue à la Compagnie des Indes, pour en jouir à partir du 1er octobre 1723, suivant le temps du bail fait à du Verdier, c'est-à-dire jusqu'au 30 septembre 1730. Elle exploita le privilège sous le nom de Pierre le Sueur.

Pierre Carlier (F. génér.). — Adjudicataire des fermes générales par bail du 19 août 1726 et à partir du 1er octobre 1726, pour six années, Carlier prit pour huit ans celle du tabac, à partir du 1er octobre 1730, au prix de 7.500.000 livres.

Nicolas Desboves (F. génér.). — Desboves succéda à Carlier, pour six ans, comme adjudicataire des fermes générales, par bail du 31 mai 1730 et arrêt de prise de possession du 9 septembre 1732, à partir du 1er octobre 1732. Or, à cette date, le bail du tabac de Carlier n'était pas achevé. Je présume qu'une entente intervint entre Carlier et Desboves, car je possède des sceaux du tabac marqués aux noms réunis de ces deux adjudicataires.

La ferme est depuis Carlier restée rattachée aux fermes générales.

Jacques Forceville (F. génér.). — Bail du 16 septembre 1738, pour six ans, à partir du 1er octobre suivant.

Thibault la Rue (F. génér.). — Bail du 13 octobre 1743 et arrêt de prise de possession du 15 du même mois, pour six ans, à partir du 1er octobre 1744.

Jean Girardin (F. génér.). — Bail du 21 octobre 1749, pour six ans, à partir du 1er octobre 1750.

Jean-Baptiste Bocquillon (F. génér.). — Substitué le 6 mars 1751 à Girardin malade et ne pouvant plus « vaquer auxdites fonctions, ni fournir journellement ses signatures ».

Pierre Henriet (F. génér.). — Bail du 22 août 1756, pour six ans, à partir du 1er octobre suivant.

Jean-Jacques Prévost (F. génér.). — Bail du 30 décembre 1761, pour six ans, à partir du 1er octobre 1762. L'article 3 du bail l'autorise à percevoir les 4 sols pour livre établis en 1758 en sus du prix de vente.

Julien Alaterre (F. génér.). — 1er octobre 1768.

Laurent David (F. génér.). — 1er octobre 1774.

En 1780, la perception des fermes fut divisée en trois compagnies distinctes, ayant chacune un adjudicataire particulier (fermes générales ; ferme des domaines ; régie générale des droits d'aides). La ferme du tabac est comprise dans les fermes générales.

Nicolas Salzard (F. génér.). — 1er octobre 1780.

Jean-Baptiste Mayer (F. génér.). — 1er janvier 1787. A l'époque de la Révolution, le bail du tabac rendait à l'État une trentaine de millions.

ANTOINE SABATIER.

13